CROIX

ET

MONDE

PAR

LE COMMANDANT ÉLIE COUILLAUD

PARIS
E. DENTU, EDITEUR
LIBRAIRE DE LA SOCIÉTÉ DES GENS DE LETTRES
GALERIE D'ORLÉANS, 17 ET 19, PALAIS-ROYAL

1864

CROIX

ET

MONDE

PAR

LE COMMANDANT ÉLIE COUILLAUD

PARIS

E. DENTU, EDITEUR

LIBRAIRE DE LA SOCIÉTÉ DES GENS DE LETTRES

GALERIE D'ORLEANS, 17 ET 19, PALAIS-ROYAL

1864

PRÉFACE

Abstraction faite de toute vaniteuse et folle prétention, j'intitule ce Recueil* *Croix et Monde*, parce que le signe de rédemption, qui apparaît aux deux horizons de l'existence, — où, entre un innocent baiser et une mystique étreinte se produisent tant d'incidents, — détermine pour l'humanité, c'est-à-dire pour les puissants et pour les humbles, une attractive et suprême magistrale.

E. C.

* Dont vingt-trois pièces ont déjà été éditées par la librairie E. Dentu, sous le titre de *Pépites*.

CROIX ET MONDE

LA CROIX

Arbre mystique et signe austère,
Ton sceau mystérieux,
Si resplendissant de mystère!
Nous fait toujours songer aux cieux.

De tes bras sacrés, qui s'étendent
Vers des horizons inconnus,
Tu protéges et tous attendent
Des pardons bientôt obtenus.

Puis, quand tu nous montres le faîte
De l'orbe aux sublimes clartés,
Notre âme pressent la conquête
De la plus belle des cités.

Au doux sommet de la colline,
Au pôle, au zénith, au nadir,
Où l'œil voit, où le cœur devine
Cette autre arche de l'avenir :

Reste donc, gage d'espérance,
Notre refuge le plus cher ;
Et, de par la sainte croyance,
Notre fin n'aura rien d'amer.

II

PÈLERIN !... PÈLERIN !...

Pèlerin, montre-moi ton bourdon légendaire;
Que je touche du doigt ton modeste rosaire !...
Que la pauvre coquille, étoilant ton manteau,
Vaut bien le diamant et l'éclat de son eau !...
Sous l'ampleur du chapeau qui couvre ton front pâle,
Je voudrais voir l'aneth * te défendre du hâle.
Viens, mon doux voyageur, reposer tes pieds nus :
Mon foyer vous attend, pieux nouveau-venus...
Mais, près de ce parvis, entonne la complainte
Qui soutenait ton vœu, qui formulait ta plainte ;
Caresse cet enfant que je tiens par la main,
Pour que sa chère voix me raconte demain
Ce que son jeune cœur a ressenti d'extase
En écoutant ton chant, en comprenant ta phrase ;
Car tu sais, pèlerin, par les sacrés récits,
Combien Notre-Seigneur aimait tous ces petits !...
. . . .
. . . .
Oh ! que n'étais-je, alors, femme de la Judée !...
Mais, ici, je m'égare... et pourquoi cette idée :

* Plante de la Judée, à petits rameaux.

Sous la vaste coupole, ou sous l'humble maison,
Ne voit-on pas, partout, ce mystique horizon ?...
Et, planant, de par Dieu, notre âme souveraine,
N'a-t-elle pas, je crois, l'infini pour domaine ?...
Aussi, que j'ai rêvé de ce divin berceau,
Qui, dans l'éternité, projette son arceau !...

. . . .

. . . .

Pèlerin !... pèlerin ! j'ai dit... et mon cœur garde
Bien des mots qui pourraient m'échapper par mégarde.

. . . .

. . . .

Femme ! femme ! Jésus, en mourant sur la croix,
Ainsi qu'une prière, aurait béni ta voix !...
Vers le Couchant, déjà, l'astre du jour incline ;
Vois-tu ses doux rayons iriser la colline ;
La flèche du clocher dominer les sommets
De ces ormes touffus, de ces riants genêts ?...
Adieu !... puis, revenant à son hymne plaintive,
Le pèlerin laissait une image naïve...

. . . .

. . . .

Et le chant s'éloigna... dépassant l'horizon,
Où se perdaient, unis, pèlerin et bourdon !...

. . . .

. . . .

Le voyageur parut dans la rustique enceinte,
Apportant un parfum de la montagne sainte ;
Et la main, de la main cherchant la pression,
Provoquait un cantique en l'honneur de Sion !...

Et les cœurs, s'élevant aux célestes demeures,
Les yeux, sans fatiguer, virent passer les heures...

. . . .

. . . .

Et, quand, à l'Orient, la lumière ondoya,
L'on entendait encor l'antique *Alleluia!!!*

III

LIBERTÉ

14 Juillet 1862.

I

Enfant, ton premier livre
Est la loi qui délivre
Du joug impérieux de la fausse grandeur,
Et règle le pouvoir de tout dominateur !
Sur l'œuvre qui contient la sublime doctrine,
Sans la comprendre encor, ton jeune front s'incline :
C'est le code divin que le Christ a dicté...
Salut, ô Liberté !

II

Sous la voûte du temple,
Où la foi qui contemple,
De la sainte parole écoute les échos,
Puisse toujours ton cœur élever ses *Credos !*
Mais que le pain des forts soutienne, dans la lutte,
L'homme qu'à ses destins un faux zèle dispute :
Telle que Dieu t'a faite, en son éternité...
Enseigne, ô Liberté !

III

En marchant dans la voie
Où celui qui t'envoie,
Du sceau de sa grandeur a décoré ton front,
Tu deviendrais coupable en acceptant l'affront !
Si l'on te dit esclave ! élève dans la nue,
En y cherchant l'éclair, ta tête contenue :
Quand, dans de sombres jours, gémit l'humanité...
Inspire, ô Liberté !

IV

Pour te mouvoir encore
Du couchant à l'aurore,
La nature, pour toi, dévoilant ses secrets,
A d'un autre avenir proclamé les décrets !
Toujours *soldat de Dieu* *, France ! en tes magistrales,
De la postérité prépare les annales :
Sous l'imposant drapeau de la fraternité...
Triomphe, ô Liberté !

* Shakespeare.

IV

LES SAISONS

Il est beau ; mais pourtant Dieu l'embellit encore,
Ce printemps dont la voix dit que tout est amour,
Quand, pour créer, grandit, à l'égal de l'Éphore,
Sous la voûte des cieux, le modeste pastour.

Il est riche, et pourtant Dieu l'enrichit encore,
Cet été, qu'à donner provoqua le labour,
Quand l'effort du travail fit découler du pore
La sueur qui, du front, inonda le centour.

Il prodigue, et pourtant Dieu le bénit encore,
L'automne qui disperse à tout vent d'alentour,
Quand l'arbre, en retenant le fruit qui se colore,
Promet d'emplir la main qui se promène autour.

Il est froid; mais pourtant, Dieu rend plus froid encore,
Au pauvre qui gémit, l'hiver en ses retours,
Pour que la charité, sublime météore,
Efface le soleil et domine son cours !

V

MÉLOPÉE

Sous quel feuillage est donc la brise
Où chante si bien la reprise,
Que ceux qu'instruisent ces concerts
Nous reviennent tous si diserts ?

Quel temple, encor, prête ses voûtes
A ces mystérieuses joûtes
Où retentissent des échos
Fidèles comme des solos ?...

C'est, tour à tour, la voix d'Archange
Qu'avec le ciel la terre échange,
Ou la foudre, cette clameur,
Dont la note traduit l'ampleur :

Artistes ! poursuivez vos rêves,
Et cherchez au delà des grèves,
Indices des immensités,
De sublimes affinités ;

Car les horizons de ce monde
Portent la légende profonde
Qui dicte à l'homme cet arrêt :
Grandis ! grandis ! être imparfait !

VI

VAGUE INSTINCT

Pourquoi disperser les pétales,
Enfant, de ces roses tes sœurs?...
Sur le sol, où tu les étales,
Regarde pâlir leurs couleurs !

Mais, j'y songe ; le vent agite
Tes longs cheveux aux anneaux d'or;
Et le temps, qui marche si vite,
Dans l'avenir menace encor...

Passez, caprices de l'enfance,
Passez zéphyrs, passez hivers :
Toujours, toujours, l'heure s'avance
Des noirs soucis, des pleurs amers...

VII

SIMILITUDES

Oh! l'insouciante engeance
Que ces passereaux joyeux :
C'est l'image de l'enfance
Qui vient s'offrir à nos yeux !

Voyez leur troupe éveillée
Envahir, près du hameau,
Cette douteuse feuillée,
Vieil ornement du coteau :

Branches vertes, branches mortes,
Tout sourit à leurs ébats ;
Et les lutines cohortes
S'y livrent de doux combats.

La cité n'est point exempte
Du ramage assourdissant
De cette race qui chante,
D'un entrain toujours croissant.

La flèche, qui monte aux nues,
A ces petits curieux
Prête ses formes cornues
Pour voir de plus près les cieux.

Puis, à la Pâque fleurie,
Le rameau qui vient orner
La discrète galerie,
Sous leur poids doit s'incliner !...

Tels sont vos penchants volages,
Vos jeux, vos témérités...
Écoliers de nos villages,
Espiègles de nos cités !

VIII

ENFANT ET VIEILLARD

O père, que le grand âge
A de signes attristants !
— Mon enfant, c'est que l'orage
Frappe les hauts monuments...

— Père, la vieille coupole
Du temple où je vais prier,
Domine la métropole
Droite comme un peuplier !

— Mon fils, un siècle est une heure
Pour cette œuvre de géant ;
Pourtant, la sainte demeure
Rentrera dans le néant...

— Mais, père, la fin des choses
Te menace donc aussi ?
— Enfant !... l'âme, avec ses causes,
N'a pas un pareil souci !

IX

INITIATION

Viens, enfant, viens parler des lueurs d'espérance
Que voit, dans le lointain, ton limpide regard ;
Comme le printemps fait à l'hiver, qui s'avance,
Ose dire : Avenir !... au résigné vieillard !

Au prisme des beaux jours, j'ai vu les perspectives
De l'immense horizon qu'interrogent tes yeux ;
Et, de cet océan, quand je fixais les rives,
Des bords à l'infini tout était radieux...

Elle est grande, pourtant, la part que la tempête
S'attribue en ces champs où moissonne la mort ;
Mais il est noble et beau de rêver la conquête,
Et de lutter toujours malgré les coups du sort !

X

ENSEIGNEMENT

Qu'est-ce, père, que l'épée ?...
— Foudre de la foi trompée ;
Des âges premier burin ;
C'est, surtout, pour notre France,
Un pouvoir de délivrance
Projeté sur son chemin !

XI

MÈRE ET FILLE

Voici l'heure de la prière :
Presse tes pas ; viens, mon trésor ;
Le cierge a repris sa lumière,
La cloche a perdu son essor.

— Mère, vois donc la marguerite
Liserer le bord du chemin ;
Laisse-moi la cueillir bien vite :
J'aime tant ce joli butin !

— Entends-tu gémir dans les branches,
Ma fille, l'âpre vent du soir ?
— Mère, je crains pour nos pervenches,
Pourrais-je, hélas ! aller les voir ?

— Viens contempler, sur la croix sainte,
La douce image du Sauveur ;
Tu la verras dans une enceinte
Où brille l'étoile et la fleur

Deux anges, comme ceux qu'on rêve,
Sont là prosternés devant Dieu ;
Et l'hymne sacré qui s'élève
Avec l'encens, monte au ciel bleu !

— Mère, tes visions sublimes
Me font entrevoir des grandeurs
Qui dominent les tristes cimes
De la terre et de ses splendeurs !...

XII

L'AVEUGLE

Pauvre aveugle qui, de la vie,
Ne vois plus briller le flambeau ;
Si la lumière t'est ravie,
Tu sais les secrets du tombeau.

Ta pensée, amère et profonde,
S'aide d'un si puissant instinct,
Que tu mesures tout un monde
Sur ton rosaire, le matin.

Et puis, le soir, quand du silence
Survient l'effet mystérieux...
Plein de sa foi, ton cœur s'élance
Et trouve la route des cieux.

XIII

INDICATION

Portez, ma sœur, l'hysope et le rosaire
A l'affligé qui vous attend là-bas;...
Par ce sentier, un rayon du Calvaire
Jusqu'au grabat éclairera vos pas.

Vous trouverez, sous un toit où le givre
Prête au bois mort son glacial étai,
L'agonisant qui songe encore à vivre
Au doux parfum de la rose de mai...

O grandissez cette chère espérance ;
Car vous savez de sublimes accents :
Au saint foyer d'une telle croyance,
Parlez, ma sœur, de l'éternel printemps !

XIV

PREMIER SONGE

Holà ! fillette de quinze ans,
Que vas-tu faire du printemps ?...
« Je redirai la ritournelle,
« Qui revient avec l'hirondelle,
« En des sillons aériens,
« Bercer mes rêves de jeunesse,
« Sous l'ombrage où ma douce ivresse
« Entend des sons éoliens ! »

XV

QUESTION ET RÉPONSE

Enfant, la douleur qui tue
Mine tes quinze printemps ;
Et, sur ta face abattue,
Ravage comme le temps !

Où vas-tu, pensive et triste,
Sans regards pour le passant ?...
Pauvre âme ! que Dieu t'assiste,
Si mon cœur est impuissant !...

— « Un jour qu'un nuage sombre
« Obscurcissait le soleil,
« Un aigle, planant dans l'ombre,
« Crut entrevoir son pareil :

« C'était colombe branchée
« Que menaçait le destin ;
« Et, depuis... l'algue arrachée
« Suit la vague en son chemin...

XVI

LA COURTISANE

Mon cœur est bon ; mais, vide d'espérance,
Il n'attend plus de beaux jours ici-bas ;
Et, de mon front, la sombre déchéance
Vers le malheur précipite mes pas...

Mère, il revient à ma triste pensée
Le souvenir de tes soins si touchants ;
Et, bien souvent, la pauvre délaissée
De son berceau répète encor les chants.

Mais, à ma voix, jalouse de mystère,
Quand le cynisme ajoute ses clameurs,
Je pleure, hélas ! et ma douleur amère
Repousse en vain le mépris dont je meurs :

O vent des nuits, emporte dans la tombe,
Avec mon corps mon secret désespoir ;
Et que ce cri sur ta tête retombe,
Homme insensé qui trompas mon espoir !...

XVII

LASSITUDE

Plus rien à faire dans ce monde ;
Plus rien qu'un solennel adieu ;
Salut qu'ensevelira l'onde,
Quand je remonterai vers Dieu :
O mon ange, apprête tes ailes ;
L'espace est immense, et je crains
Que ces lueurs, ces étincelles,
Me trompent par trop de chemins !

XVIII

MYSTÈRE ET INDISCRÉTION

Pourquoi cette main suspendue,
Ce cœur ému, ces doigts glacés
Sur la corolle toute nue
Dont les atours sont dispersés?...
J'ai surpris ton pied froissant l'herbe :
Et ta bouche, au pli courroucé,
A l'instant, maudissait le verbe
Qui ne répondait qu'au passé !...
Insiste encore, ô jeune fille :
Les oracles sont exigeants...
A ces faux dieux, tout ce qui brille
Inspire des avis changeants !
A ton âge, on cherche l'emblême,
Et la main parsème le sol
Des feuilles de la fleur qu'on aime :
De la rose et du tournesol.
Combien de pressants paradigmes
Ont sollicité des bluets
Les mots de ces chères énigmes
Terribles et profonds secrets !...
Il m'a aimé ; m'aime, peut-être,
Par orgueil, par...., et cœtera...
Et ce secret, qu'amour pénètre,
Un pétale, enfin, le dira...

XIX

BOUTADE

Sur la colline,
Blanche aubépine,
Je vois poindre tes frais boutons ;
Et ta feuillée,
Si déliée,
Briller en verdoyants festons.

La pâquerette,
Humble fleurette,
Jalouse tes riches senteurs ;
Et sa corolle,
Qui s'en affole,
Trahit de timides ardeurs

L'herbe agitée,
Semble attristée
Quand la brise emporte aux amants
L'odeur qui passe,
Et, dans l'espace,
Épand ses doux enivrements.

Mais l'aspic rampe,
Et suit la rampe
Qui mène à ton buisson fleuri ;

Et puis l'épine,
Plante argentine,
Parsème ton bois rabougri !...

O vieux emblêmes,
A quels problèmes
Soumettez-vous l'esprit humain ?...
L'attrait qui charme
Est, d'une larme,
Toujours l'indice ou le chemin !...

XX

REPROCHE

Pourquoi ne pas chanter?... ici-bas, jeune fille,
Les élus comme toi nous font croire au bonheur,
Songe si fugitif!... ô sirène gentille,
Même sous les lambris où pose l'amateur,
Ton gracieux talent voit naître cette extase
Qui, du portique ambré, s'élançant vers l'autel,
Jusqu'au sacré parvis accompagne ta phrase,
Quand l'orgue bondissant te fait lire au missel.
Et, soit que du saint lieu tu dises les poëmes;
Soit que la cantilène émeuve par ta voix :
L'âme reconnaît vite, à ses élans suprêmes,
Que, pour parler de lui, de toi le ciel fit choix.

XXI

PROMESSES PARFOIS SÉRIEUSES

Jeanne, le clocher du village
Ne montre plus son dôme bleu ;
Et, cette nuit, un noir présage
Dit qu'il faut dormir en ce lieu...

Pour calmer ton esprit timide
Et te faire rêver ton lit,
J'étendrai sur le sol humide
Le duvet des fruits et du nid.

De tes paupières abaissées,
Mes regards suivront les contours
Comme ces âmes angoissées
Qui, vers le ciel, tendent toujours !

Près de toi, douce créature,
Si la brise vient à passer,
Je lui dirai : « Que ton murmure
« Soit bien celui qui sait bercer ! »

Et ta chevelure ondoyée
Verra s'enrichir son ampleur
Par quelque suave envoyée
Du myrte vert et de sa fleur.

Mais, de ta bouche, par mégarde,
S'il s'échappait un mot d'amour...
Je prierais l'ange qui te garde
De te protéger jusqu'au jour!

XXII

LES MAINS JOINTES

Un jour que, sur mon sein, Laure penchait la tête,
En faisant parler bas de sceptiques douleurs,
Pour calmer, au plus tôt, cette sourde tempête,
Je redis, en riant, l'entente de nos cœurs...
— « Amour ! vain sentiment, hochet que le vent jette
« A ces penseurs qu'affole un attrait passager,
« Partout où de ta flamme un rayon se projette,
« Chaque phalène humain viendra donc voltiger?
— Dit Laure, — « Et, de son être, épandant la poussière,
« Pour s'amoindrir encor sur le même chemin,
« En phénix déchu, finira sa carrière
« Où le pousse la loi d'un vulgaire destin !...

. . . .

— « Oh ! je t'arrache ici ton voile de jeunesse,
« Enfant, dont la pensée incite au désespoir ;
« Et, jetant sur ton front la ride et la tristesse,
« Fais l'office du temps et brise ton pouvoir;
« Ton pouvoir ici-bas !... car, poursuivant mon rêve
« Au-delà de ce jour d'amères fictions,
« J'espère te revoir, mortelle fille d'Ève,
« Au précieux flambeau des sûres visions !...
— « Dans cette attente, ami, qui remplira tes heures? »
— « Pour t'aimer, de nouveau, comme hier je t'aimais ;

« La foi qui fait songer aux célestes demeures
« Et promet un bonheur qui ne trompe jamais ! »
Et ma Laure, en priant, empruntait aux archanges
Un regard qui, déjà, sur mon front rayonnait ;
Et, de ses doigts fléchis, mariant les phalanges,
Affirmait, devant Dieu ! que l'amante croyait !!

XXIII

BABIL

Mon fiancé, je sais l'heure
La plus riche en ses accords :
C'est le jour quand l'aube pleure
Et du lac perle les bords.

— Pourtant, quand l'œil fuit la rive
Pour admirer le ciel bleu,
La peine est si négative
Que ce passage est un jeu.

— Ami, ton âme s'envole
Loin du terrestre séjour,
Et je veux que ma parole
Rende bien prompt son retour.

— Qu'ici-bas Dieu la retienne,
Ange au front si radieux,
Jusqu'au moment où la tienne
Remontera vers les cieux !

XXIV

BLUETTE

O belle es-tu, ma fiancée,
Avec ta fleur moitié penchée,
Tes cheveux noirs, ton front si pur,
Tes longs cils et tes yeux d'azur.

Qu'elle est suave cette étoile
Qui, sur ton sein, fixe ton voile
Comme un présage de bonheur
Pour celui qui t'offre son cœur !

Que notre avenir soit prospère ;
Et que mes noms d'époux, de père,
Premiers fleurons de ta beauté,
Te fassent reine de bonté !

XXV

DISPUTE

Qu'elle est folle
Ta parole,
Quand elle dit à mon cœur
La chimère
Éphémère
Que l'on appelle bonheur !...

— Qu'il est triste,
Le sophiste
Qui veut discuter ainsi :
Sa pensée
Abaissée
Est fille d'un noir souci !

— Mais, mon ange,
Si tout change
Dans ce monde décevant,
Je dois croire
Illusoire
Ce qui trompe si souvent !

— Ami, songe
Au mensonge
Qui naît de l'impiété,
Car la flamme
De mon âme
Est instinct d'éternité !

XXVI

SÉPARATION ET PROTECTION

Dors, petit, sous l'aile blanche
De cet esprit radieux
Qui, pour que ton cœur s'épanche,
Vient d'abandonner les cieux.

Naguère, ta plainte amère
Cédait au plus doux baiser ;
Mais, déjà, ta jeune mère
Ne pourrait plus t'apaiser...

Pour ces êtres quand les anges,
Enfants, descendent veiller :
C'est que, bien loin de vos langes,
La mort les fait sommeiller.

XXVII

CONFIDENCE

Vois, au sommet de la colline,
Incliner un signe de deuil
Vers cette touffe d'aubépine
D'où part le doux chant du bouvreuil :
Là repose, si regrettée,
Celle dont j'attends le réveil.
Que le chantre de la vallée,
De par Dieu, berce son sommeil...

XXVIII

ÉTRANGETÉS

Que j'aime le voile sombre
De la nuit qui vient bercer,
Sous son immense pénombre,
Les douleurs qui vont passer.

Que j'aime la plainte aigue
Du vent qui souffre avec moi,
Et, par une étroite issue,
Vient me dire son émoi.

Que j'aime l'épaisse nue,
Ruisselant sur mon vieux toit
Comme une larme venue
De la pitié qui s'accroît.

Peut-être aimerais-je encore
Le précurseur éclatant
Du fulgurant météore
Qui frapperait le méchant...

XXIX

RÊVERIE

Il va donc t'emporter, pauvre petite feuille,
Le fougueux aquilon qui fuit vers l'Océan ;
Et, d'un triste penser, l'âme, qui se recueille,
S'émeut au nouveau deuil qu'accuse ton élan.

C'est que, vois-tu, l'effort qui t'enlève à la tige
D'où contre le soleil tu protégeais nos fronts,
Bruit comme un final de l'heure du prestige
Qui, pour nous détromper, sonne des coups si prompts !

Mais, dans l'immensité qu'envahit la tempête,
Tu disparais déjà sur l'aile des autans ;
Et la vague, au récif apportant son arête,
Agonise ta fin !... comme les ouragans !...

O serait-il donc vrai qu'il est des harmonies
Qui, même de l'atome, ont mémoire ici-bas ;
Chants tout mystérieux, sublimes litanies,
Préludes imposants que la voix ne sait pas !...

Bercez, bercez pourtant nos rêves éphémères,
Tristesses qui, d'un bond, passez sous le soleil :
La torpeur des hivers vous a pour messagères ;
Mais les fleurs du printemps souriront au réveil.

XXX

LA MER

O salut ! imposant symbole
De tout ce que put la parole
De ton maître, de Jéhova !
Quand son verbe te captiva...

Aussi, pour franchir ta limite,
Ton cours prétentieux imite
La marche de l'humanité
Dans la splendide immensité :

Mais ton effort meurt sur la grève,
Pour témoigner que c'est un rêve
Qu'un tel élan vers l'infini,
Dont l'esprit seul n'est pas banni !!!

XXXI

L'APPAREILLAGE

L'horizon sourit à nos voiles!
Soyez joyeux, mes matelots :
Je vous promets d'autres étoiles
Qui brilleront sur d'autres flots.

Vite aux agrès! à la mâture!
Salut au ciel que nous quittons;
Que sa couleur soit notre augure,
Alerte! enfants... partons! partons!

Partons vers les rives lointaines,
Où tant de trésors sont promis
A qui sait trouver ses domaines
Bien au delà de son pays;

Oh! Vierge, le vaisseau rapide,
Que vont menacer les autans,
Se place sous ta sainte égide
Pour traverser les océans!!!

XXXII

L'ISTHME DE SUEZ

Sous la tombe qui te recouvre,
Que vas-tu dire, ô Pharaon?...
Car voici qu'une route s'ouvre
Entre le vieux Caire et Sion!!!

Pour envahir toute la terre,
Au nom de la fraternité,
Qu'il est donc puissant le mystère
Qu'ignorait ton Prêtre exalté...

Puisque le souffle évangélique
Va pousser vers la mer biblique
L'imposante nef du croisé...

Laissant voir à cette autre race
L'inutile et pénible trace
De l'esclave fanatisé!

XXXIII

DOUBLE EMPREINTE

Comme le soc, en son sillage,
Le penser creuse le visage ;
Mais, par ce double et saint effort,
Germe le grain ou l'esprit fort :
Et puis, à sa surface blonde,
La terre en richesses abonde ;
Et l'épi mûr incline au vent
Comme l'homme qui va rêvant...
Qui va rêvant sous la tourmente...
Où son âme, toujours ardente,
Brille de l'éclat du labeur
Au foyer qu'on nomme le cœur !

XXXIV

GÉNÉRAL

A qui veut connaître la taille
De l'arbitre d'une bataille,
Je dirai qu'il est souverain ;
Que sa voix est sœur de l'airain ;
Que sa pensée est un mystère ;
Que son œil envahit la terre ;
Et que son geste a la grandeur
Qui fait surgir toute splendeur !

XXXV

VAIN ESSAI

Libre enfant des hautes cimes;
Toi qui dors sur les abîmes,
Tourmenté par l'aquilon;
Que t'a narré la tempête
Quand, passant sur cette crète,
Elle entraînait un aiglon?...
— « Que sa puissance était vaine
« Pour contenir dans la plaine
« L'audacieux roi des airs,
« Qu'ont bercé, dans les nuages,
« Les deux sublimes langages
« De la foudre et des éclairs! »

XXXVI

LE DRAPEAU

Le canon, de sa voix rivale du tonnerre,
En saluant tes plis trouble l'aigle en son aire ;
Et, de nos légions, l'imposant messager
S'abat sur tes couleurs pour briguer le danger !

De l'acier radieux, irisant l'étincelle,
Ton flot conduit encor la vague solennelle
Que pousse à l'horizon le vent de l'avenir
Quand, pour te couronner, il faut vaincre ou mourir !

A ton lambeau sacré si le feu de la poudre
Imprime, en défiant les lueurs de la foudre,
Le sceau resplendissant d'un pouvoir souverain !...

C'est que, pour consacrer toute grandeur acquise,
O gardien révéré d'une sainte devise,
Tu es, pour nos soldats, le frère de l'airain !

XXXVII

LA LUTTE

Couvrez le front de bataille,
Intelligents tirailleurs ;
Le boulet et la mitraille
Vont saluer nos couleurs !

La lame des baïonnettes
A multiplié l'éclair ;
Et, de nos vives aigrettes,
La rapidité fend l'air.

C'est le drame qui commence ;
C'est, enfin, le premier mot
Du bulletin que la France,
En sa gloire, attend pour lot !

Les soldats qui, de vos masses,
Intrépides bataillons,
Masquaient les nobles surfaces,
Ont rallié vos fanions.

A travers l'épaisse nue
Que la foudre jette au vent,
Prenez la route connue
De qui vainquit si souvent.

C'est là qu'on s'immortalise ;
Et, quel que soit son destin,
L'apothéose est promise
A qui parcourt ce chemin !

Vous, dont la part de tonnerre
Égale celle des Dieux,
De la bouche du cratère,
Sachez diriger les feux.

De par l'ouragan, ton frère,
Impétueux cavalier,
Que ta sublime colère
Se traduise par l'acier !

. . . .
. . . .

Avant qu'une immense épave
Témoignât de nos lauriers,
Ainsi disait la voix grave
Du vieux chef de nos guerriers !

XXXVIII

LE CONVOI DU SOLDAT

Béni sois-tu, simple cortége
Que le prêtre conduit là-bas !. .
Et que le Dieu fort te protége,
Ame trempée en maints combats.

« Pauvre soldat ! » — clame la foule ; —
« Noble dépouille ! » — a dit le chef. —
« Bientôt, bientôt, le pied qui foule
« Sur toi passera derechef...

« Mais, aussi, le feu des batailles,
« Imposante solennité,
« Pour saluer tes funérailles
« Gronde au seuil de l'éternité ! »

Eh ! ne faut-il pas que la gloire
Vienne, parfois, brillant jalon,
Des hauts faits retracer l'histoire
Jusque dans le pli du vallon.

C'est ainsi qu'en posant sa serre,
Même au doux séjour de la paix,
L'aigle trouve encor le tonnerre
Auréole du nom français !

XXXIX

LE MAUSOLÉE

Salut! fantôme de pierre
Que je veux revoir toujours ;
Si tu lassais ma paupière,
Mon cœur braverait les jours !
Fais une garde éternelle
Au mort qui t'est confié,
Une amitié fraternelle
A ce tertre t'a lié...
Mais, j'y songe, ta couronne
D'immortelle et de cyprès,
Sur le gazon qui fleuronne
Semble railler mes regrets. .
Quoi ! déjà lassé des veilles,
Tu t'inclines pour dormir :
Est-ce ainsi que tu réveilles
Le culte du souvenir?
— « L'éternité sur la terre, —
Dit le triste monument, —
« Reste un mot plein de mystère
« Qu'épelle le sentiment ;
« L'âme, unie à la matière,
« Se dégage tôt ou tard ;
« Et Dieu, foyer de lumière,
« Explique tout d'un regard ! »

XL

NAPOLÉON

O saluez ce capitaine
Qui, mettant la gloire en haleine,
A porté ses pas de géant
Des bords enchantés de la Seine,
Où la piété le ramène,
Au Golgotha de l'océan !!!

Sous un dôme où le pleur murmure
Comme le cœur de sa blessure,
Le mot sublime de grandeur,
De l'airain creusant la nervure,
Sur l'imposante sépulture,
S'allie au nom de l'Empereur!...

C'est qu'en traçant mainte épopée,
Il passait, avec son épée,
Sur l'orbe antique des Césars,
Sa grande âme préoccupée
Des vœux de la prosopopée
Qui parlait sous ses étendards.

XLI

GRANDS HOMMES

Où donc est le doigt qui dirige,
Au plus haut point de l'horizon,
Tous ces géants que le prestige
Couvre d'un sublime blason ?

Qui donc a voulu que l'histoire,
Pour s'enrichir de noms fameux,
Eût un talisman!... Le mot : Gloire !
Ce mobile venu des cieux?

... Pour que chaque race comprenne
Les destins de l'humanité,
Le génie étend son domaine
Aux sources de la déité!!!

XLII

INVOCATION ET CONSTATATION

« Reste illustre, ô ma noble France ! »
Tel est notre cri d'espérance...
Et l'âme, avide de grandeur,
Au ciel va chercher son labeur.

« Sois prospère, ô belle contrée !
« Que baigne la mer azurée... »
Et le génie, en son essor,
Étend son aile et répand l'or.

Puis... si le clocher du village
Laisse toujours sa sainte image
Au cœur du pâtre qui combat...

La grande ombre de la patrie
Se dresse aussi, toujours bénie
Par le citadin fait soldat !!!

XLIII

LE MONASTÈRE

Dieu l'a voulu !... la terrestre pensée,
Pleine d'erreurs, de troubles et d'orgueil,
Pour rendre hommage à la loi transgressée,
S'abaisse là sous des signes de deuil.

L'humilité, la paix, l'obéissance,
De ce séjour accusent la grandeur;
Et de Sion l'immortelle croyance
Parfume l'air et remonte au Seigneur !

Esprits lassés des humaines tourmentes,
Songez, songez, qu'en vous poussant ici,
Le vent d'orage à vos âmes ardentes
Sut arracher un douloureux merci !

Aux plis profonds du cœur qui se recueille,
Gardez, dès lors, le dictame divin
Qui, sur le mal, s'étendant feuille à feuille,
Fasse oublier les ronces du chemin.

Et qu'au-dessus de l'imposant suaire
Qu'étend, sur vous, l'austère piété,
Brille, à côté du mystique rosaire,
La croix qui dit : Liberté ! Liberté !

XLIV

AUTRE QUESTION, AUTRE RÉPONSE

Vers écrits au-dessous d'une tête de mort, peinte par un trappiste dans un monastère, et cités dans *le Messager de Paris* du 6 décembre 1859.

« Squelette, qu'as-tu fait de l'*âme*?
Lampe, qu'as-tu fait de la *flamme*?
Cage déserte, qu'as-tu *fait*
De ton bel oiseau qui *chantait*?
Volcan, qu'as-tu fait de ta *lave*?
Qu'as-tu fait de ton maître, *esclave*?... »

Mme ANAÏS SÉGALAS.

Réponse faite par l'auteur du présent recueil, et insérée le 11 dudit dans le journal précité.

« A l'Éternel revient toute *âme;*
Vers le ciel monte toute *flamme ;*
Et, quand sa liberté se *fait,*
Ainsi de l'oiseau qui *chantait.*
Du volcan, pour trouver la *lave*...
Cherche entre le maître et l'*esclave!*... »

XLV

DERNIER SONGE

Bonne vieille, qu'as-tu pu lire
En la tempête et son délire ;
Et que t'ont dit tous les frimas
Qui succèdent à ses éclats !...
« Que des douleurs la voix austère,
« En désenchantant de la terre,
« Fait, du moins, grandir, chaque jour,
« L'attrait de l'éternel séjour !... »

XLVI

LE LAC

Son doux regard mire l'étoile,
Ou le soleil, ou les éclairs ;
Même jamais il ne se voile
Quand la tempête fend les airs !

Serait-ce là le signe austère
Qui ferait comprendre que Dieu,
Devant tous les bruits de la terre,
Reste calme comme ce lieu ?...

XLVII

BRUTALITÉ

« Allons ! allons ! c'est assez vivre,
« Vous qui passez par mon chemin ;
« Dépêchez-vous, j'ouvre mon livre
« Pour compter avec le destin !

« Le râle est un signe infaillible,
« Pour qui répond à mon appel ;
« Que cet indice intelligible
« Soit traduit par chaque mortel !

« Que la gamme soit épuisée ;
« Que chaque ton soit bien rendu ;
« Que-l'homme, enfin, de sa lignée,
« Me laisse un type bien fondu !

« Les douleurs ont leur harmonie :
« J'en fais mes concerts les plus chers ;
« Et l'humanité, qui la nie,
« Y mêle ses regrets amers...

« Suivez la voie informe et sombre
« Où je passe le sceptre en main !
« Que dites-vous du jeu de l'ombre ;
« Que dites-vous de mon butin ?...

« Allons ! allons ! c'est assez vivre,
« Vous qui passez par mon chemin ;
« Dépêchez-vous, j'ouvre mon livre
« Pour compter avec le destin !... »

Ainsi parle, dans sa colère,
Cette sceptique d'avenir...
Sinistre et triste messagère.
Que l'athée écoute rugir !!

XLVIII

URBANITÉ

« Inclinez-vous, mes lys, mes roses,
« Mes boutons frais, mes fleurs écloses ;
« Je moissonne pour un hymen
« Qui vous promet un autre Éden !

« Pour ce travail, mystique arcane,
« Dans les airs, nuit et jour je plane ;
« Et parcours l'espace éthéré
« De lumière le front paré.

« Mon aile, que l'on dirait blanche
« Si la couleur de la pervenche
« Ne s'y fondait légèrement,
« Brille comme le diamant.

« Et son essor, que rien n'arrête,
« De tout zénith trouvant le faîte,
« Au plus splendide des printemps,
« Vous donnera pour tous les temps !! »

Ainsi, dit l'ange tutélaire
Quand il étale le suaire
Sur ce val... où, d'un vain effroi,
Nous subissons l'étrange loi !

XLIX

LA MOURANTE

O quel est ce cri d'espérance
Qui trompe, ainsi, ta défaillance?...
« Attends ! Mère... je me souviens...
« C'est le bon Dieu qui me dit : Viens !!! »

L

FAUSSES TRISTESSES

Mères, pourquoi souffrir quand l'ange, qui les presse,
Arrache à leurs berceaux vos si chers nouveau-nés ?...
Au livre de la loi lisez cette promesse :
« A l'éternelle vie ils sont prédestinés ! »

Quand Dieu dit à la mort : va ! fais cesser ce rêve,
Du bonheur des élus besoin trop anxieux,
La mort frappe l'épouse ou l'époux ; mais son glaive,
Au délaissé prépare un chemin radieux !

Arbitre du foyer, quand le vieillard, qui pense...
Sur ses fils bien-aimés jette un dernier regard...
Des sceptiques douleurs proclamant la démence,
Il meurt, en ajoutant : « Nous nous verrons plus tard ! »

LI

TOUT N'EST PAS DIT

Tout n'est pas dit ! quand le cierge mystique
N'éclaire plus, de ses pâles lueurs,
La sombre alcove où le buis symbolique
Sur le suaire a prodigué des pleurs.

Tout n'est pas dit ! quand, sous l'étroit portique,
Sourd et gémit, en de saintes clameurs,
Le lamentable et funèbre cantique
Qui de la mort proclame les douleurs.

Tout n'est pas dit ! quand, sous la basilique,
S'élève encor la tourmente des cœurs ;
Et, sous l'arceau de la maison antique,
Avec l'encens, mélange ses ferveurs.

Tout n'est pas dit ! quand le chant liturgique
A consacré le don des fossoyeurs,
Et que le bruit du cercueil magnétique
A fait appel à d'autres voyageurs...

Tout n'est pas dit !... car l'élan ascétique,
D'un pôle à l'autre imposant ses ardeurs,
Prouve la loi, sacrée et fatidique,
Qui, pour notre âme, a voulu des grandeurs !

LII

LE CIMETIÈRE

C'est ici que la nuit est sombre!
Ici, que la fraîcheur de l'ombre
Transit le corps du pèlerin;
Ici, que la pensée abonde
En dédains des choses du monde,
De l'histoire et de son burin!

C'est ici que le front qui penche,
Comme incliné par l'avalanche,
A de mélancoliques pleurs;
Ici, que l'âme, qui s'élance
Et fuit la terrestre espérance
Brûle de sublimes ardeurs!

C'est ici que la croix est sainte!
Ici, qu'elle envahit l'enceinte
Où dorment les fils, les aïeux;
Ici, que passe la couronne,
Dernière fleur que le cœur donne
En s'élevant jusques aux cieux!

LIII

ADIEU

Adieu!... Quand ce mot vibre au berceau de l'enfance,
D'une mère attendrie il annonce l'absence;
Et le repos du fils est alors confié
A celui qu'en son âme elle a glorifié !

Adieu!... Si le marin te reçoit sur la grève,
C'est que sa fiancée, objet de son doux rêve,
A voulu conjurer, par un pieux soupir,
L'ouragan sur la mer, le deuil dans l'avenir!

Adieu!... Pour le soldat que la bataille appelle,
C'est d'un civique vœu la forme solennelle
Qu'en ses plis lacérés rapporte le drapeau...
Comme un lointain salut!... envoyé du tombeau !

Adieu!... Mot qu'on entend dès l'aube de la vie;
Adieu! Mot qui bruis, alors qu'elle est ravie,
Comme un dernier baiser sur la cendre des morts :
Adieu! Concert des cœurs, bénis soient tes accords!

LIV

TRADITION ET ACTUALITÉ

I

Golgotha! saint parvis du temple universel
Dont le dôme est l'espace et la croix est l'autel;
Salut! trois fois salut! ô colline sacrée,
Phare de l'avenir ; terre prédestinée :
De Bethléem à toi le doigt de Jéhovah
A tracé le chemin, et le geste a dit : Va!...

II

Humble fils de David, ta mission immense
Signale au monde entier la nouvelle alliance;
Dans tes murs consacrés, mystérieux Nasra (*),
Le doux nom de Jésus jusqu'au ciel grandira;
Et l'esprit, envahi par la sainte pensée,
Brillera de l'éclat de la foi confessée!...

III

Et le Christ apparaît!!! à son puissant regard,
Qui mine de l'erreur l'orgueilleux boulevard,
Succède cette voix qui, dominant le pôle,
Pour vaincre selon Dieu, sème la parabole!...

* Nazareth.

IV

Disciples du Seigneur, heureux initiés,
A ses enseignements vous voilà conviés :
O de l'immensité partagez-vous les lignes ;
De la loi du rachat vous connaissez les signes ;
Le maître, à chaque pas, les prodigue à vos yeux ;
Votre cœur retiendra leur sens mystérieux :
Au temple de Sion, le denier de la veuve
Devant le Christ même inaugure l'épreuve.
Et le précepte saint, — *tout étant consommé,* —
Par Joseph de Rama (*) vous sera confirmé !

. . . .
. . . .

V

Ainsi disaient les temps, quand, aux voix prophétiques,
Succédaient la *nouvelle* et les joyeux cantiques,
Et les temps ont marché ! et le pauvre orphelin
Trouve encore sur sa route un vêtement de lin ;
Et le pain se partage ; et l'anxiété veille
Au chevet du mourant qu'une femme surveille,
Et le ministre saint de la Divinité
Parle miséricorde à la fragilité...

(*) L'ancienne Arimathée.

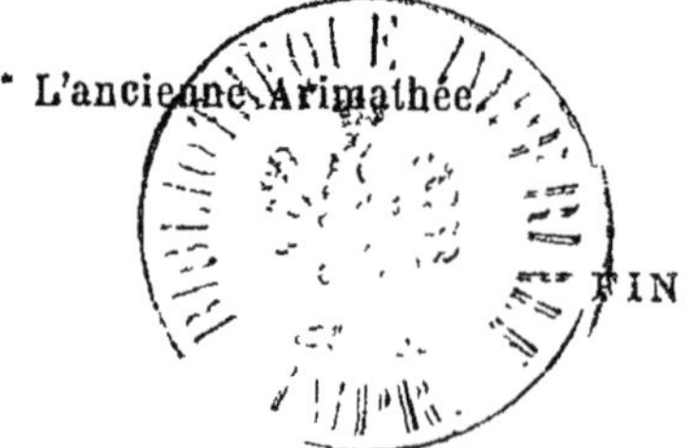

FIN

TABLE DES MATIÈRES

FIN DE LA TABLE DES MATIÈRES

Paris, Imp. de L. TINTERLIN, rue Neuve-des-Bons-Enfants, 3.